少年

千原浩史

少年

リトルモア

ジロ

犬と暮らしていた。
名前はジロ。
茶色くて、そんなに大きくない犬だった。
僕とジロは、仲良しだった。
僕とジロは、よく遊んだ。
僕とジロは、いつも一緒だった。
僕は、十五才になって、家を出た。
ジロと、離ればなれになった。
ジロと離れて、五年が経った。
僕は、二十才になった。

僕は、家に帰った。

ジロが、いなかった。

僕はお母さんに、

「ジロ、どこ行ったん?」

と聞いた。

お母さんは、悲しそうな顔で、

「死んだ」

と言った。

僕は、

「何で?」

と聞いた。

お母さんは、淋しそうな顔で、

「前の日まで、元気やったんやけどなー」

と言った。

僕は、

「それで、どうしたん？」

と聞いた。

お母さんは、小さな声で、

「お父さんが、川原に埋めた」

と言った。

僕は黙った。

晩御飯の時間になった。

お父さんが帰ってきた。

僕と、お母さんとお父さんで、ご飯を食べた。

僕は、お父さんに、

「ジロ、最期どんなんやったん?」

と聞いた。

お父さんが、喋りだそうとすると、
お母さんが、怒った。

「ご飯食べてる時にそんな話しな!」

と怒った。

お父さんは黙った。

お母さんが、ご飯をよそうために、
横を向いた。

その隙を見て、お父さんが、僕の耳元で、言った。

「カッチカチ」

大ちゃん

大ちゃんは、いつも、はしゃいでた。
大ちゃんは、いつも、怒ってた。
大ちゃんは、いつも、叫んでた。
大ちゃんは、いつも、怒られてた。
僕たち二年生と、六年生が、一緒に、バス遠足に、
行くことになった。
僕たち二年生と、六年生が、体育館に、集められた。
先生が、注意事項を、喋りだした。
遠足には、体操服で、行くことになっていた。
先生は、全員、おしりのポケットに、

名前を書いてくるように、と言った。

大ちゃんは、大きな声で、

「体操服にポケット付いてるけど、おしりにポケットなんか付いてるかー」

と叫んだ。

先生は無視して、話を続けた。

目的地まで、ノンストップで行くので、トイレに行っておくように、と言った。

大ちゃんは、大きな声で、

「絶対ノンストップやなー、信号無視すんねんなー」

と叫んだ。

先生は怒った。

先生は、すごく怒って、

「大輔、静かにしなさいっ」

と叫んだ。

体育館は、静まり返った。

大ちゃんは、顔を真っ赤にして、

「お前ぶっ殺したるー」

と言って、座っていたイスを、持ち上げた。

先生は、

「なんで殺すんや」

と理由を聞いた。

大ちゃんは、大きな声を、震わせながら、

「包丁で突き刺してやるー」

と叫んだ。

すると、六年生の僕の兄が立ち上がり、大きな声で叫んだ。

「イスいらんやん！」

体育館中、笑い声が響いた。

僕は、大ちゃんより、顔が真っ赤っ赤になった。

かぶと虫

かぶと虫を、飼っていた。
かぶと虫が、大好きだった。
大好きだったかぶと虫の、頭なぜた。
頭取れた。
付け根、白かった。

絵本

おかあさん、
寝る前に、絵本読んで。
はいはい。
昔々、あるところに、
おじいさんと、おばあさんが住んでいました。
うわっ、
おじいさんは、山へ、芝刈りに、
うわっ、
おばあさんは、川へ、洗濯に行きました。
うわっ、

おばあさんが、洗濯をしていると、
川上から、大きな桃が、ドンブラコドンブラコ、
と流れてきました。
うーわ、
おかあさん。
寝にくいから、
飛び出す絵本じゃないやつ読んで。

ある兄弟のお話

ある兄弟は、いつも一緒に遊んだ。
ある兄弟は、いつも一緒に走り回った。
ある兄弟の兄は、すごく泣き虫だった。
ある兄弟の兄は、昨日も泣いた。
ある兄弟の兄は、昨日公園で、
おんぶバッタを、捕まえようとした。
次の瞬間、子供のバッタは、
親のバッタの背中から、飛び降りた。
そして、子供のバッタは、草の中へ消えた。
次の瞬間、親のバッタは、

子供のバッタとは反対の、草の中へ消えた。

ある兄弟の兄は、それを見て、

「おんぶバッタが、離ればなれに・・・」

と言って泣いた。

ある兄弟の弟は、それを見て、

「ほんなら、捕まえへんかったらええのに・・・」

と思って笑った。

ある兄弟の兄は、昨日も泣いた。
ある兄弟の兄は、昨日公園の、ブランコの横で、
石につまずいた。
ある兄弟の兄は、半ズボンだった。

ある兄弟の兄は、ヒザをついた。
そこには、うんこが落ちていた。
ある兄弟の兄は、ヒザで、うんこを踏んだ。
ある兄弟の兄は、ヒザを見ながら、
「何でヒザでやねん・・・」
と言って泣いた。
ある兄弟の弟は、それを見て、
「この先二度と、ヒザでうんこ踏む人、
見ることないやろな・・・」
と思って笑った。

ある兄弟の兄は、昨日も泣いた。

ある兄弟の兄は、昨日家で、かくれんぼをしていて、
お風呂に隠れた弟を見つけて、
外からカギをかけた。
ある兄弟の弟は、開けてくれ、と言った。
兄は、開けない、と言った。
ある兄弟の弟は、開けて、と頼んだ。
兄は、開けてやらない、と言った。
二十分が経った。
怒った弟は、カギのかかったドアの、スリガラスを、
思い切り蹴った。
バリンといって、スリガラスが割れた。
ある兄弟の弟は、その穴から、兄を見た。

ある兄弟の兄は、

「どんだけビックリさすねん・・・」

と言って泣いた。

ある兄弟の弟は、それを見て、

「どんだけビックリすんねん・・・」

と思って笑った。

魚

晩御飯のおかず、魚やった。
魚、僕のこと見てた。
僕、恐かった。
僕、魚の目、ハシでついた。
目、ひっくり返った。
魚、自分のこと見てた。

おじいちゃんとおばあちゃん

クチャクチャクチャ　クチャクチャクチャ
そんな僕を見て、おじいちゃんが怒った。
また新しいの食べて、もったいない、
まださっきのん、味残ってるやろ、
と言って、怒った。
クチャクチャクチャ　クチャクチャクチャ
そんな僕を見て、おばあちゃんが怒った。
ガムばっかり食べて、歯が悪くなる、
ガムばっかり食べたらあかん、
と言って、怒った。

クチャクチャクチャ　クチャクチャクチャ
おじいちゃんとおばあちゃんが、ケンカをしだした。
おじいちゃんは、もったいない、
おばあちゃんは、歯が悪くなる、
意見の違う二人は、ケンカをしだした。
僕のせいで、ケンカをしだした。
僕が食べてるのは、するめだった。

青い学生服

僕はいつも、大人に怒られている、子供でした。
僕はいつも、大人に嫌われている、子供でした。
友達の家に、遊びに行きました。
友達のお母さんが、玄関から、顔を出して、
家にはいない、と言いました。
僕は、約束してたのに、おかしいな、と思いました。
仕方がないので、家に帰ろうとしました。
友達の家から、声がしました。
友達のお母さんが、
「まだあんな子と遊んでんのかー」

と、友達に、怒鳴っていました。
「あの子と遊んだらアカン言うたやろー」
と、怒鳴っていました。
十一才の僕は、すごく悲しくて、すごく淋しくて、
泪が出そうになりました。
僕は、友達のお母さんを、見返したい、と思いました。
僕は、友達のお母さんに、憶えとけよ、と思いました。
僕の住んでいた街には、二色の、中学生がいました。
黒い中学生と、青い中学生がいました。
黒い中学生が通う、黒い中学校には、すごく悪くて、
すごく恐い人たちが、たくさんいました。
青い中学生が通う、青い中学校には、すごく頭が良くて、

すごく真面目な人たちが、たくさんいました。
この街の大人たちは、黒い中学生が、嫌いでした。
この街の大人たちは、青い中学生が、すごく好きでした。
僕は、友達のお母さんを、見返すために、
青い制服を、手に入れることに決めました。
僕は、家に帰って、青い中学校に行きたい、
と、お母さんに言いました。
お母さんは、泪を流して、喜んでくれました。
僕は、青い制服を手に入れるため、
三ヶ月間、毎日、勉強をしました。
僕は、三ヶ月後、青い制服を、手に入れました。

十二才の僕は、青い制服を着て、胸を張って、
街を歩きました。
大人たちの視線が、変わりました。
僕は、あの友達のお母さんを、見返したと、思いました。
それが、僕のゴールでした。
でも、青い生活は、スタートしました。
青い学校は、ちっとも、面白くありませんでした。
青い学校に、友達になりたい、と思う人は、
一人もいませんでした。
青い学校では、みんなが、数字の話や、記号の話や、
アルファベットの話ばかりしていました。
青い学校は、たくさんの数字や、記号や、アルファベットで、

うめつくされていました。

青い学校は、大人に好かれる、人たちばかりでした。

僕はいつも、大人に怒られている、子供でした。

僕はいつも、大人に嫌われている、子供でした。

だから僕は、大きな声で、言いました。

「ははーん、これやってもうたなー」

鳥

鳥じゃなくて良かったな、
変な虫とか食べるのイヤだから。

ゴリラ

ゴリラじゃなくて良かったな、
ウンコつかんで投げるのイヤだから。

馬

馬じゃなくて良かったな、
知らんおっさんに、背中乗られるのイヤだから。

名前

人にはみんな、名前が付いている。
君にも、君にも、僕にも、名前が付いている。
だけど、みんながみんな、自分にあった、
名前を付けられている訳では、ないと思う。
僕は、千原っぽい、と言われる。
だけど、浩史ではない、と言われる。
自分でも、そんな気がする。
友人五人が、僕に合う名前を、
せーので言った。
五人が、同時に、ひさし、と言った。

僕の名前は、千原ひさしだ、と言った。
僕は、何となく、わかるような気がした。
僕には、兄がいる。
名前は、千原せいじ。
彼の名前は、どう考えても、
久保みのるだ。

少年

みんなは、僕のことを、
頭がおかしい子供、と言いました。
みんなは、僕のことを、
頭がおかしい少年、と言いました。
おばあちゃんは、子供の僕に、
みんなの頭がおかしい、と言いました。
おばあちゃんは、少年の僕に、
この世界の、みんなの頭がおかしくて、
こうちゃんだけが、おかしくない、と言いました。
おばあちゃんは、言いました。

「だから、頭のおかしい、みんなの頭を、頭がおかしくない、
こうちゃんが、治していったらいいねん」
それじゃ、僕はまず、
おばあちゃんの頭から、治さなければ、と思いました。

薬

すごく寒かった。

体温をはかった。

熱があった。

カゼ薬を買いに行った。

カゼ薬の箱に、大きな文字で、
イソプロピルアンチピリン配合、と書いてあった。

僕は、

「やったー、イソプロピルアンチピリン、入ってるやん」

「絶対、イソプロピルアンチピリン、入ってな嫌やわー」

「この店に、イソプロピルアンチピリン入ってんのあって良かったー」

って、誰が思うねん、と思った。

少しだけ暖かくなった。

お父さんとお兄さん

お兄さんが高校に入学した。

その高校はお父さんが昔通っていた高校だった。

お父さんはお兄さんに、

「入学おめでとう」

と言って、一冊の古い英和辞典を手渡した。

お父さんは
「これは俺が高校の時使ってた辞書や」

と言った。

お兄さんがパラパラと辞書をめくった。

急に手が止まった。

僕は辞書を覗き込んだ。
ある言葉にだけ赤いペンで
アンダーラインが引かれていた。
その文字はＳＥＸだった。

牛

牛じゃなくて良かったな、
知らん人に、乳首触られたりするのイヤだから。

ライオン

ライオンじゃなくて良かったな、
男より、女の方が、髪の毛短いのイヤだから。

プードル

プードルじゃなくて良かったな、
きったないおばはんに、
顔、なすり付けられたりするのイヤだから。

青い中学校

青い中学校に、入学しました。
僕には、友達が、いませんでした。
僕は、喋らなくなりました。
そして僕は、二年生になって、あまり学校に、
行かなくなりました。
三年生の途中まで、あまり学校に、
行かなくなりました。
三年生になったある日、僕は久しぶりに、
学校に行きました。
昼休み、僕は食堂で、一人、ご飯を食べていました。

クラスの人たちは、教室で、お弁当を食べていました。
僕が、食堂でご飯を食べていると、同じクラスの人たちが、
三人、僕の所にやってきました。
三人は、僕を睨みつけながら、教室に来いと言いました。
僕が、教室に行くと、机とイスが、全部後ろに、
下げられていました。
そのスペースの奥で、男七人、女十人ぐらいのグループが、
僕を睨みつけていました。
このグループの、男の人たちは、いつも明るくて、
スポーツが出来て、
勉強が出来る人たちでした。
この人たちは、すごく女の子に、人気がありました。

この人たちは、毎日とても楽しそうでした。
僕は、そのグループのことを、勝手に「カモシカ」と、
名づけていました。
カモシカは、僕のことを、すごく嫌っていました。
カモシカのリーダーが、今からお前をしばく、と言いました。
僕は、このケンカに勝ったら、女の子がみんな、僕の所へ、
来るかも知れない、と思いました。
そして僕は、そうなれば、やっと楽しい中学生活が送れる、
と思いました。
僕は、頑張りました。
僕は、カモシカのリーダーに勝ちました。

カモシカのリーダーは、鼻血を流しながら、俺の負けや、
と言いました。
僕は、今日からモテモテだ、と思いました。
僕は、女の子の方を見ました。
すると、一番かわいい子が、リーダーを膝枕に乗せて、
鼻血を拭きながら、
「千原っ最低っ!!」
と言いました。
他の女の子たちも、みんな僕を、睨みつけていました。
だから僕は、大きな声で言いました。
「ははーん、これまたやってもうたなー」

服を着た犬

僕は、服を着た犬が、嫌いです。
服を、着せられているので、嫌いです。
僕は、服を着た犬を、連れている人が、嫌いです。
服を、犬に着せているので、嫌いです。
僕は、服を着た犬を、連れている人が、
大概服を着ているので、嫌いです。
だけど僕は、服を着た犬を連れている人が、
服を着ていなかったら、
まーまー好きです。

薬師寺・辰吉戦

女の子と二人で、薬師寺、辰吉戦を見た。
僕の家で見た。
二人とも、黙ったまま、試合を見続けた。
僕は、すごくドキドキしていた。
隣に座っている、女の子のことなんか、
忘れていた。
試合の終わりを告げる、ゴングが鳴った。
僕は、すごいものを、見せられた気がした。
僕はまだ、ドキドキしていた。
どっちが勝ったとか、もう、そんなことは、どーでも良かった。
僕は、ＴＶを消した。
僕の部屋は、静まりかえった。
僕の隣から、鼻をすする、音が聞こえた。
僕は、隣に座っている、女の子に目をやった。
泣いていた。
彼女は、二人の戦いに、泪を流していた。
僕は、少しビックリして、
この子、かわいいな、と思った。
彼女は、しばらくの間、泪を流し続けていた。
僕は、そんな彼女を見つめながら、
この子、何かいいな、と思った。

そして、ボクシングを見て、泪を流す女の子を、
初めて見た、と思った。
僕は、その子と一緒に、ベッドに入った。
僕たちは、二人で眠りについた。
朝、先に起きた僕が、洗面所で、顔を洗っていると、
後ろから、彼女の「おはよう」って声がした。
僕は「おはよう」と言って、振り返り、彼女を見た。
彼女の目は、
昨日の、薬師寺よりも腫れていた。
僕は彼女に、タオルを投げつけてやった。

ベトナム

仕事でベトナムに来た。
今日は休み。
ホテルの窓を開けた。
天気が良かった。
すごく気持ち良かった。
下を見おろすと、バイクがたくさん走っていた。
僕は部屋を出た。
ホテルを出た。
ホテルの前に、バイクにまたがったベトナム人が、何人かいた。
バイクの後ろに乗って、観光するらしい。

ベトナム人が、「お兄さん乗る？」
とカタコトの日本語で誘ってきた。
僕は断った。
ふと車道を見た。
僕はびっくりした。
せいじがバイクを運転していた。
せいじの背中に、ベトナムのおっさんがしがみついていた。
僕は「何でやねんっ‼」と思って笑った。
せいじは僕より笑ってた。

きよし師匠

西川きよし師匠に、お会いした。
久しぶりに、お会いした。
僕は、あいさつをした。
師匠は、すごく丁寧に、
あいさつを、返してくださった。
そして師匠は、
「弟君は、金髪の方がええなー」
と、おっしゃった。
僕は、
師匠は、本当に、金髪が好きなんだなぁ、

と思った。

ロイヤリティ

給料明細を見た。

振り込まれたギャラが、細かく、記載されていた。

色々な仕事が書かれている一番下の段に、

吉本倶楽部という、タレントのグッズを扱っている所から、

タレントロイヤリティ、という名目で、

ギャラが振り込まれていた。

僕は、金額を見た。

160円、と書かれていた。

正確には、10%の源泉を引かれて、

144円が、振り込まれていた。

これの、何がロイヤルなんだと思った。

ヌー

ヌーじゃなくて良かったな、
団体行動するの、苦手な方だから。

クマ

クマじゃなくて良かったな、
めっちゃ強い、格闘家のおっさんと戦うのイヤだから。

イグアナ

イグアナじゃなくて良かったな、
坂田利夫さんと、二人暮しするのイヤだから。

ひっくり返した

今日、アフリカひっくり返した。
アフリカ人の、手の平みたいな色してた。
今日、四国ひっくり返した。
うどんの粉、いっぱいついてた。
今日、富士山ひっくり返した。
ノリピーグッズ、いっぱい落ちてた。
今日、イラクひっくり返した。
静かになった。
今日、甲子園ひっくり返した。
魔物が「しー」って言うてた。

今日、西武球場ひっくり返した。
渡辺美里の、Gジャン落ちてた。
今日、救急車ひっくり返した。
救急車が、あと三台必要になった。
今日、母子家庭ひっくり返した。
女もんの、ニッカポッカ落ちてた。
今日、カツ丼ひっくり返した。
刑事が怒った。
今日、旦那の遺影ひっくり返した。
旦那には、悪いと思いつつも、この人に抱かれた。
今日、アイロンひっくり返した。
こまごました物、置けた。

今日、亀ひっくり返した。
めっちゃ悪いことしたわー、っていう気持ちになった。
今日、まぶたひっくり返した。
結構流行った。

さようなら

昨日まで、大好きだったけど、
さようなら。
今まで、ずっと好きだったけど、
さようなら。
まさかあなたが、ピサの斜塔の前で、
写真をとる時に、
まるで、斜塔を両手で、支えているかのような、
ポーズをとる人だったなんて。
さようなら。

お母さん

お母さん。
僕のみそ汁に、砕いた精神安定剤を、
入れるのは、止めて下さい。
お母さん。
キッチンの窓から、登校中の、同級生たちの姿を見て、
泪を流すのは、止めて下さい。
お母さん。
変な名前の付いた、
全寮制の、学校のパンフレットを、
山積みにするのは、止めて下さい。

お母さん。
夜中、僕の部屋に、忍び込んで、
小瓶に入った、変な臭いのする、
タバコが止めれる薬を、
寝ている僕に、嗅がすのは止めてください。
お母さん。
僕がこぶしで開けた、壁の穴を、
お母さんが、紙粘土で作った、
どう見ても、おっさんにしか見えない、
女の子の人形で、隠すのは止めて下さい。
お母さん。
おやつは、とりあえず、バナナさえ凍らせといたらええ、と、思い込むのは、止めて下さい。

お母さん。

テレビを見ていて、寝てしまった僕に、

「上で寝ー！」と、怒鳴って、

「下で寝たら、大っきいネズミに連れて行かれるでー」

と、誰の心も動かせない、おどし文句を、

並べるのは、止めて下さい。

お母さん。

ちっさなリンゴの絵が、たくさん書かれていて、

その下に、一個一個ご丁寧に、英語で、ＡＰＰＬＥ、

と書かれたパジャマを、

僕のために、買ってくるのは止めて下さい。

お母さん。
夜中の二時に、
「ドクターマリオ、23面行ったで〜」
と、電話してくるの、止めて下さい。
お母さん。
矢沢永吉の、『アー・ユー・ハッピー?』
を読んで、ビックリするくらい、
感銘を受けるのは、止めて下さい。
お母さん。
ボーリングのマイボールを、五つも作り、
ベストスコア、288を、たたきだすのは、止めて下さい。
お母さん。

携帯電話の、着信音を、
「we are the champion」
にするの、止めて下さい。
お母さん。
堀内孝雄のファンクラブ、
ヒゲクラブ、
に入会するの、止めて下さい。
お母さん。
電話で、
「頑張ってチョンマゲ」
と言ったあなたに、
僕が、すごく怒ると、

反省した声で、
「ゴメリンコ」
と謝るの、止めて下さい。
お母さん。
ボーリングで、ボールを投げるやいなや、
振り返り、ストライクを、
背中で感じるの、止めて下さい。
お母さん。
僕の、お兄さんのことを、
陰で、
「あのブ男がっ」
と言うの、止めて下さい。

お母さん。
お元気で。

友達

友達が、家に来た。
音楽家の友達が、家に来た。
「いい曲が出来たから、聞いてくれ」と言った。
僕は、友達が作った曲を、聞いた。
友達は、僕に「どう?」と聞いた。
僕は素直に「すごくいい」と言った。
友達は、すごくうれしそうに「そやろ」と言った。
僕は「うん」と言った。
友達は、すごく楽しそうに、
「これはええで、

世間がほっとかへんで、
そのうち、『ＲＯＣＫＩＮ，ＯＮ　ＪＡＰＡＮ』とかで、
俺の特集や、
巻頭で、俺の二百字インタビューや」
と言った。
僕は「少なっ」と思った。
そして「まとめ上手っ」とも思った。
友達は、「この曲のタイトルを付けてくれ」
と言った。
僕は「原稿用紙半分」と言った。
却下された。

初めて見た彼女

彼女と一緒に、家に帰ってきた。
TVを見たり、コーヒーを飲んだりした。
彼女は、先に寝る、と言った。
僕は、TVを見ていた。
僕が、寝室に行くと、彼女は起きていた。
僕が「まだ寝ーへんの？」と聞くと、
彼女は、何も言わなかった。
僕は「どうしたん？」と言って、
彼女の顔を覗くと、すごく怒っていた。
僕は、彼女の怒った顔を、初めて見た。

彼女は、僕を睨みつけながら、
「これ何？」と言った。
それは、茶色くて、細くて、長い髪の毛だった。
僕は、どうしよう、と思った。
そして僕は、一か八か、
「昨日家に、アルフィーの高見沢が泊まりにきた」
と言った。
すると彼女は、
「あーほんまー、って言うと思うか」
と言った。
僕は、初めて彼女の、ノリツッコミを見たと思った。

出雲そば

マンションの斜め前、窓から見える黒い建物。
すごく小さな入り口。
鶯色ののれん。
ぶ厚い檜の看板には、達筆な文字で「出雲そば」と書かれている。
すごく高そうなお店。
このマンションに住んで二年。
いつか入ってみたい、と思い続けて二年。
明日は東京へ引っ越し。
今日しかない。
僕は財布に、いつもより多めのお札を入れて、家を出た。

少し緊張しながら、のれんをくぐった。
檜のカウンターに、イスが五つ。
店員も客もいない。
両側の壁は、棚になっていて、
そこには、様々な形をした、すごく美しい器が
所せましと飾られている。
左奥に、二階へのびる階段があった。
僕は、振り絞るように
「すいません」
と声を出した。
しばらくすると
コッコッコッと、下駄が見えだした。

降りてきたのは、
黒い作務衣に、白髪のオールバック。
まるで、陶芸家のようないでたちの店主。
僕を見つめて、低い声でポツリ
「そばしかないよ」
僕は
「はい」
と言って、一番右側のイスに腰を下ろした。
メニューなどどこにもない。
店主が、背中を向けて
大きな包丁で、そばを切りだした。

僕は、ポケットからタバコを出したが
灰皿を頼む勇気が出ず、すぐにポケットにしまいこんだ。
二十分が経った。
背中を向けていた店主が振り返った。
僕の目の前に、二年間夢見続けたそばが置かれた。
ザルに入ったそば。
太い箸。
美しい器の中で黒く光るだし。
つばを飲み込み、小さな声で
「いただきます」
と言って、僕はついにそばを口にした。
めっちゃまずかった。

ちょっとのびていた。
何のコシもなかった。
僕はくそまずいそばに２８００円払って
店を出た。

ごめんなさい、何か笑ってしまいます

コンサートで、すごくテンションが上がり、汗だくで、
「二階席行くよー」とか言ってる、女性ボーカリスト。
ごめんなさい、何か笑ってしまいます。
六十才ぐらいの、双子のおっさん。
ごめんなさい、何か笑ってしまいます。
女のパンツのヘソの下あたりにくる所に、必ず、付いている、
ちっちゃいリボン。
ごめんなさい、何か笑ってしまいます。
おかんが送ってくる、見たことのないメーカーの、
レトルトのご飯。

ごめんなさい、何か笑ってしまいます。
同じスニーカーで右は青色、左は赤色を履いている、
ナウいヤング。
ごめんなさい、何か笑ってしまいます。
めっちゃでっかい消しゴム。
ごめんなさい、何か笑ってしまいます。
「何をそんなに急いでんねん」というぐらい、
全力疾走している、めっちゃ乳のデカいおばはん。
ごめんなさい、何か笑ってしまいます。
力士が、休日にかけているメガネ。
ごめんなさい、何か笑ってしまいます。
三十すぎの女が書く、丸文字。

ごめんなさい、何か笑ってしまいます。
チューブの唄。
あ〜、ごめんなさい、チョイト泳ぎ疲れ、
何か笑ってしまいます。
子供二人の顔と、お母さんの顔が、
お父さんの顔に、似ている家族。
ごめんなさい、何か笑ってしまいます。
恵比寿の五差路。
ごめんなさい、何か笑ってしまいます。
ピザ切るやつ。
ごめんなさい、何か笑ってしまいます。
おかみさん一人でやっている、小料理屋の、カウンターの隅で、店が終わるのを待っている、内縁の夫。
ごめんなさい、何か笑ってしまいます。

二度見

昨日実の兄が野良犬に二度見されていた。
僕はそれを二度見した。

皮膚科

ブツブツが出た、
顔に赤いブツブツが出た。
恵比寿の皮膚科に行った。
医者が、血液検査をしようと言った。
血液検査で、全てのアレルギーがわかると言った。
血液検査をした。
結果が出た。
結果が細かく出た。
今まで自分が知らなかった、
アレルギー反応がたくさん出た。

アレルギー反応を示すものには×印が付いていた。
リンゴ　ＯＫ
バナナ　ＯＫ
猫　ＯＫ
青魚　ＯＫ
ハウスダスト　×
ダニ　×
そして、
ゴキブリ　ＯＫ
と出た。
僕はゴキブリは全然ＯＫじゃないと思った。
薬を出しておきます、

と言われた。
名前が呼ばれた。
小窓から、看護婦に薬を渡された。
薬の入っている袋には、
大きなキティちゃんが描かれていた。
僕は、猫アレルギーの患者に、
キティちゃんは絶対あかんやん、
と思った。
僕は看護婦に、
「猫アレルギーの患者にキティちゃんは絶対あかんやん」
と言った。
ビックリするぐらいスベッた。

中華料理屋

友人四人と、中華料理屋に行った。
すごく混んでいた。
五人がけの丸テーブルに、
おばさんが、一人で食事をしていた。
テーブルは、そこしか空いていなかった。
僕たちは、相席させてもらうことにした。
僕は心の中で、
「一人やねんからカウンター行ってくれたらええのに」
と思った。
すると、食事をしていたおばさんが箸をとめ、

「カウンター行きましょうか？」と言った。
僕は、心の中で「やったー」と思いながらも、
一応「いえいえ、いいですよ」と言った。
するとおばさんは「そうですか」と言って、
食事を続けだした。
僕は心の中で「なんでスッと引きさがんねん」
と思った。
僕は、友人と知らないおばさんと五人で、
中華を食べた。
次の日、昼すぎに起きた。
ベットに入ったまま、TVを付けた。ワイドショー。
ハリウッドスターが映画の記者会見をしていた。

長いテーブルの前に座り、記者会見をしていた。
隣に、通訳のおばさんが座っていた。
僕は飛び起きた。
昨日のおばさんだった。
戸田奈津子さんだった。
今日はトムクルーズと相席していた。

扇風機

扇風機じゃなくて良かったな、
目の前で、あーとか言われるのイヤだから。

テレビ

テレビじゃなくて良かったな、
最近の奴らは薄っぺらい、とか思われるのイヤだから。

ペースメーカー

ペースメーカーじゃなくて良かったな、
責任ありすぎるのイヤだから。

悪い事

悪い事。
人を傷つける事。
全然おもしろくない。
人を傷つけるのは、全然おもしろくない。
良い事。
知らんおばあちゃんを、おんぶして、
横断歩道を、笑顔で渡る。
ほんで、渡りきったら、おろす。
よー考えたら、めっちゃおもろい。
悪い事。

人のお金を、盗む事。
全然おもしろくない。
お金を盗むのは、全然おもしろくない。
良い事。
ダンプにはねられそうな、子供を見つけて、
ダンプに、突っ込んでいく。
ほんで、三回ぐらい、回転する。
よー考えたら、めっちゃおもろい。
悪い事。
人の家に、火をつける事。
全然おもしろくない。
人の家に、火をつけるのは、全然おもしろくない。

良い事。

知らん女の人の、お尻を触っている男の人の、手をつかんで、

「君、やめたまえ」

って言う、
ほんで、

「彼女が嫌がってるじゃないか！」

って言う、
よー考えたら、めっちゃおもろい。

あー、おもろなりたい。

シノヤマキシン

シノヤマキシンさんに、写真を撮ってもらうことになった。
シノヤマさんのスタジオに行った。
時間通り行った。
大きなスタジオだった。
コーヒーを出してもらった。
アシスタントの方たちが、セッティングをしていた。
セッティングが終わった。
シノヤマさんは、まだ来なかった。
一時間待たされた。
シノヤマさんが、さっそうと現れた。

僕は、セットの前に立った。
シノヤマさんが、ファインダーを覗き、シャッターを切った。
シノヤマさんが、出来たばかりのネガを見せてくれた。
僕は、まーまーいいなと思った。
でも、シノヤマさんは「だめだやり直せ」とだけ言って、
振り返り帰っていった。
アシスタントの方たちは、作ったばかりのセットを全てつぶし、
セッティングしなおした。
三十分待たされた。
やっと、シノヤマさんが現れた。
僕は、セットの前に立った。
シノヤマさんがファインダーを覗き、

シャッターを数回切った。
撮影は、すぐに終了した。
数分だった。
最後に、シノヤマさんがネガを見せてくれた。
素人の僕が見ても、
こっちの方が、明らかにいいと思った。
すると、シノヤマさんは机の上にネガをすべらせ、
「かっこいいっていうのはこういうことを言うんじゃないかい」
と言って、振り返り、うしろ姿で手をかるく振りながら、
さっそうと帰っていった。
僕はその後ろ姿を見ながら、
「かっこいいっていうのはこういうことを言うんじゃない」
と思った。

バイク事故

バイクにまたがった
エンジンをかけた
景色が流れ始めた
タクシーが飛び出した
右にハンドルを切った
真っ黒になった
女性の悲鳴が聞こえた
目を開けた
ぼやけた視界が真っ赤だった
体が動かなかった

赤い海に頬をつけた
救急車のサイレンが遠くから聞こえてきた
目を閉じた
真っ黒になった
目を開けた
ぼやけた視界が真っ白だった
病室だった
七日間が経っていた
お母さんが目に泪を溜めて立っていた
体が機械にくくりつけられていた
顔面がグチャグチャだった
右足が折れていた

少しだけ死にたいと思った
機械を蹴り倒したら死ねるかなと思った
機械を蹴り倒して死にたいと少しだけ思った
でも残念ながら機械は
折れた右足の横にあった
蹴れなかった
ヒザを見た
パンパンに腫れていた
おもろいぐらい腫れていた
ヒザ小僧がパンパンに腫れていた
これはもうヒザ小僧ではないと思った
手術をすることになった

バキバキに折れた顔面と
ヒザ小僧ではなくなった足の手術をすることになった
十五時間はかかると言われた
術後は一ヶ月筆談になると言われた
手術室に入った
注射を打たれた
真っ黒になった
手術が終わった
目を開けた
ぼやけた視界が真っ白だった
麻酔で頭がボーとしていた
十五時間が経っていた

お母さんが目に泪を溜めて立っていた
お母さんが大きな紙を持って立っていた
大きな紙にはお母さんの大きな文字で
五十音が書かれていた
これから一ヶ月喋れない僕のために
お母さんが作ってくれた大きな紙だった
お母さんは僕の目の前に立ち
無言で大きな紙の三ヶ所を指差した
い・た・い
お母さんは無言で僕に痛みを
大きな紙を使ってたずねていた
僕は大きな紙の十一ヶ所を指差した

みみはむきずや・こえだせ
するとお母さんは
「まーほんまやわー」
と言って爆笑した
僕は完治したら絶対どついたんねん
と思った

電子辞書

TVを付けた。
テレフォンショッピング。
電子辞書を紹介していた。
この中に二十万語入っていると言った。
液晶画面が大きくなったと言った。
寸劇が始まった。
白髪の老紳士が手紙を書いている。
この電子辞書は、液晶画面がとても大きくて、
我々年寄りにも、見やすくてとっても便利、
と言って、電子辞書をこちらに向けた。

その画面に写しだされている文字は、

「金輪際」

だった。

僕は、電子辞書よりその手紙が読みたいと思った。

女の子

好きな女の子が出来た。
神戸に、妹と住んでいる女の子だった。
たくさん話をした。
僕は、付き合ってほしいと言った。
女の子は、会ったばかりでわからないと言った。
僕は、明日も会いたいと言った。
女の子は、良いよと言った。
夜中の二時に別れた。
僕は家へ、女の子は大阪の友達の家へ、帰った。
地響きがした。

阪神大震災。
震度七だった。
女の子から電話がかかってきた。
女の子は、神戸で一緒に住んでいる妹が心配で、
ヒッチハイクをして尼崎まで来た、と言った。
尼崎で動けなくなっている、と言った。
女の子の家は、東灘区で一番被害の大きい所だった。
僕は、バイクに乗っている友達に電話した。
女の子を、尼崎まで迎えに行ってもらった。
女の子が、僕の家に来た。
女の子は
「ごめんね」

と言ったまま、一言も喋らなかった。
二日間、妹と連絡が取れなかった。
女の子は、ご飯を食べなかった。
三日目、妹と連絡が取れた。
近くの体育館に避難していた。
女の子が泣きながら笑っていた。
女の子の妹が、家に来た。
女の子と、妹と、三人で一ヶ月暮らした。
女の子は
「ありがとう」
と言った。
僕達は付き合った。

僕は、東京に引っ越した。
彼女は、大阪に住んでいた。
妹は、アメリカに留学した。
年に数回しか会えなくなった。
女の子は、アメリカに留学している妹の所に
三ヶ月行くと言った。
僕は、帰ってきたら電話してと言った。
女の子は、小さい声で、うんと言った。
電話がかかってきた。
女の子は、新しい彼氏の子供が出来たと言った。
来月結婚すると言った。
僕が受けた衝撃は、震度七どころではなかった。

顔面

僕の顔面にはプレートが入っている。
折れた骨を繋ぐプレートが入っている。
カラオケに行った。
誰かが唄いだした。
照明がブラックライトになった。
隣の人が、顔になんか付いてる、と言った。
目の横に何か付いている、と言った。
僕は、おしぼりで目の横をふいて、
「取れた？」
と聞いた。

「取れてない」
と言われた。
鏡を見た。
ブラックライトでプレートが光っていた。
ビックリした。
右目の横が、くの字に光っていた。
目
＜みたいになっていた。
耳
僕は耳の方がでかいわと思った。

そんな人間

僕は、卑怯で、ずるくて、嘘つきで、優しくなくて、
恐がりで、全部受け売りで、優柔不断で、
ブサイクで、意志が弱くて、自意識が過剰で、根暗で、
人見知りが激しくて、うつむきかげんで、いつも逃げてて、
いい加減で、カッコばかりつけてて、中身がなくて、
人に対する思いやりがなくて、自分のことばっかりで、
弱いものに強くて、強いものに弱くて、
協調性がなくて、一人では何も出来なくて、
人の目ばかり気にして、頭が悪くて、根性がなくて、
性格が悪くて、あの子を幸せにすることも出来なくて、

淋しがり屋で、そんな人間です。
僕は、そんな人間です。
でも、最後に一つだけ言わせて下さい。
僕、三年に一回ぐらい、めっちゃかわいい時あります。
ほんまです。
追伸、残念ながら、それが今日ではないです。

楽屋

廊下を歩いていた。
楽屋に続く廊下を歩いていた。
楽屋の扉には、千原兄弟様と書かれていた。
扉を開けようとすると、
中から声が聞こえてきた。
兄の声だった。
「ちゃうねん、ちゃうねん、
残念ながら今年の優勝は、ダイエーや。
2位が西武、近鉄はな、4位や。」
野球好きの兄が、今年のパリーグの順位予想を、大きな声で得意げに喋っていた。
僕は、少しだけ扉を開けた。
楽屋は、スポーツ新聞を広げた兄一人きりだった。
独り言だった。
独り言で、
「ちゃうねん」
ってどういうことやと思った。
僕はそっと扉を閉めた。

お父さん

お父さん。

喉に出来た、ポリープのことを間違えて、

「あかん、喉にポッップリン出来た」

と悲しい顔をするのは、止めて下さい。

お父さん。

家の前で、タバコを吸っていた僕を見つけて、
鬼のような顔で、

「おいっ！　靴のかかとふむな！」

と怒鳴るのは、止めて下さい。

お父さん。

立ち上がって、三歩ぐらい歩いて、
「よっこいしょ」
と言うのは、止めて下さい。
お父さん。
学校に行かない僕の、学生服を、
勝手に着て、
「どや、似合うか?」
と言って、学校に行こうとするのは、止めて下さい。
お父さん。
毎朝、牛乳と、猫と、王貞治が出てくる、
オリジナルソングを、大声で歌うのは、止めて下さい。
お父さん。

ジャッキー・チェンの映画と、同時上映していた、
『スタンド・バイ・ミー』を、一緒に見に行って、
僕の隣で、初めて見せる泪を流し、
肩をふるわせながら、感動して、
僕の十二才の、誕生日のプレゼントに、
「四十才になったら、このビデオ見ろ」
と言って、ジャッキー・チェンのビデオ渡すの、止めて下さい。
お父さん。
何度も家に、遊びにきたことのある後輩に、
「また来てくれたかー、ごめん、
何ちゅう名前やったかなー、山下くん」
と悩むのは、止めて下さい。

お父さん。
お母さんが、作ってくれた弁当を、
くるくる回しながら、家を出ていって、
離婚されそうになるの、止めて下さい。
お父さん。
夜中、不良グループに呼びだされ、
覚悟を決めて、バットを持って、
ケンカしに行く僕を見て、
「野球か、ええなー」
と、テンション上げるの、止めて下さい。
お父さん。
電話の相手に、はじめという名前の、

漢字をたずねられて、
「千の、原の、はじめや」
と答えるの、止めて下さい。
お父さん。
小学校の、写生大会で、動物園に行った時、
勝手に来て、僕たちにまじって、
本気で象を描いて、みんなに上手いとほめられて、
その気になるの、止めて下さい。
お父さん。
家に帰ってくると、必ず、
飼っているマルチーズに、
足をなめさせる儀式、止めて下さい。

お父さん。
お元気で。

整形

バイク事故で右目が二重になった。
右目にはもうこれ以上、
メスを入れることは出来ないと言われた。
左目を整形しろと言われた。
左目を整形した。
二重まぶたになった。
会計をした。
保険がきいて、４９８０円だと言われた。
僕は安くてイラッとした。
僕は、

「何でヨンキュッパやねん」

と思った。

僕は、

「俺の左目はフリースかっ」

と思った。

鏡を見た。

一重の時より少しだけ温かみが増したような気がした。

僕は想う

僕は想う。
多分、東京タワーは、まだ作りかけ。
多分、この世の中に、エリーゼの白い方、嫌いな奴おらん。
多分、TVのボリューム、最大にしたら、
　映ってるニュースキャスターの首、青筋でる。
多分、小籠包は、中国人が作りだした武器。
多分、このドミノピザ食べた後、ゴミ箱パンパン。
多分、マザーテレサに、実際会うたら、
　「ちっちゃ」って思てまう。
多分、そのでっかいイヤリングしたまま、

おばさんの家行ったら、
電車のつり革的な例えされて、返しに困る。
多分、内見しに行ったマンションのリビングに、
スープバー付いてたら、即決める。
多分、ドン・フライ、唄めっちゃ上手い。
多分、校庭に、迷い込んだ犬見つけるの、
いっつもめっちゃ早い奴、家貧乏。
多分、丹波哲郎のめがね年々大きなってる。
多分、青い目の女はやっかい。
多分、ジャン・レノ、日本なめてる。
多分、この世の中に、ほんまに悪い人は、おる。
多分、今、通り過ぎたおっさんにも、寝られへん夜がある。

僕とおばあちゃん

十三才の僕は、髪の毛の色を変えた。
お母さんは、すごく嫌な顔をしてた。
お父さんは、すごく悲しい顔をしてた。
おばあちゃんが、家に遊びにきた。
おばあちゃんは、僕の髪の毛を見て、
「もうちょっと白っぽい方がいいなー」
と言った。
僕は笑った。
お母さんは、おばあちゃんを睨んでいた。
それを見て僕は、少し、嫌な顔をした。

十四才の僕は、あまり学校に、行かなくなった。
いつも、部屋に座っていた。
おばあちゃんから、電話がかかってきた。
おばあちゃんは、
「明日、旅行に行こう」
と言った。
僕は「うん」と答えた。
僕とおばあちゃんは、石川県にある、
大きな公園に行った。
僕とおばあちゃんは、ベンチに座った。
二人の前を、僕と同じ年頃の、たくさんの、
修学旅行生たちが、通り過ぎた。

僕とおばあちゃんは、ベンチに座ってた。
僕たちの足元を、一羽の鳥が、ピョコピョコと、通り過ぎた。
おばあちゃんは鳥に、
「飛んでばっかりやったら飽きるから、
たまには、歩きたいわなー」
と言った。
僕は、おばあちゃんの顔を見て、
少しだけ笑った。
そして、僕とおばあちゃんは、公園を出た。
バスに乗ることにした。
ホテルを探すために、町に向かうバスに乗った。
町並が、にぎやかになってきた。

僕とおばあちゃんは、
次の停留所で、降りることにした。
おばあちゃんは、財布を見た。
一万円札しか、入っていなかった。
僕は、ポケットに手を入れた、
一円も入っていなかった。
運転手は、両替は出来ない、と言った。
バスが、停留所に着いた。
おばあちゃんは、僕の耳元で、
「逃げよ」と言った。
僕が、返事をする間もなく、
おばあちゃんは、乗り口から降りた。

僕も、乗り口から降りた。
おばあちゃんは、走っていた。
僕も、おばあちゃんの後ろを、走った。
おばあちゃんは、バスの進行方向に、走ってた。
僕と、おばあちゃんと、バスが走ってた。
二人とも、笑ってた。

千原浩史（ちはらこうじ）

1974年京都府生まれ。

1989年、兄の靖史と「千原兄弟」結成。

1994年、ABCお笑い新人グランプリ優秀新人賞を受賞。

お笑い芸人として活躍する傍ら、俳優としての評価も高く、『ポルノスター』『ナインソウルズ』等、数々の映画にも出演している。

2003年、３年半振りに行われたライブ『プロペラを止めた、僕の声を聞くために。』をDVD化、現在発売中。また、インターネットにて大喜利番組『千原Jr.の題と解』を配信中。

詳しくは、http://casty.jp/